21

世纪文学之星

丛书 2021年卷

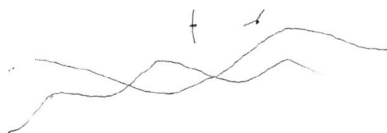

诗歌集

万物扎根于我

刘 浪⊙著

作家出版社

作者简介:

刘浪，1992 年生，湖北广水人。诗歌和小说见《星星》《长江文艺》《北京文学》《青年作家》等刊。

目 录

总　序

袁　鹰

　　中国现代文学发轫于本世纪初叶，同我们多灾多难的民族共命运，在内忧外患，雷电风霜，刀兵血火中写下完全不同于过去的崭新篇章。现代文学继承了具有五千年文明的民族悠长丰厚的文学遗产，顺乎20世纪的历史潮流和时代需要，以全新的生命，全新的内涵和全新的文体（无论是小说、散文、诗歌、剧本以至评论）建立起全新的文学。将近一百年来，经由几代作家挥洒心血，胼手胝足，前赴后继，披荆斩棘，以艰难的实践辛勤浇灌、耕耘、开拓、奉献，文学的万里苍穹中繁星熠熠，云蒸霞蔚，名家辈出，佳作如潮，构成前所未有的世纪辉煌，并且跻身于世界文学之林。80年代以来，以改革开放为主要标志的历史新时期，推动文学又一次春潮汹涌，骏马奔腾。一大批中青年作家以自己色彩斑斓的新作，为20世纪的中国文学画廊最后增添了浓笔重彩的画卷。当此即将告别本世纪跨入新世纪之时，回首百年，不免五味杂陈，万感交集，却也从内心涌起一阵阵欣喜和自豪。我们的文学事业在历经风雨坎坷之后，终于进入呈露无限生机、无穷希望的天地，尽管它的前途未必全是铺满鲜花的康庄大道。

　　绿茵茵的新苗破土而出，带着满身朝露的新人崭露头角，自然是我们希冀而且高兴的景象。然而，我们也看到，由于种种未曾预料而且主要并非来自作者本身的因由，还有为数不少的年轻作者不一定都有顺利地脱颖而出的机缘。其中一个重要的原因，乃是为出书艰难所阻滞。出版渠道不顺，文化市场不善，使他们失去许多机遇。尽管他们发表过引人注目的作品，有的还获了奖，显示了自己的文学才能和创作潜力，却仍然无缘出第一本书。也许这是市场经济发展和体制转换期中不可避免的暂时缺陷，却也不能不对文学事业的健康发展产生一定程度的消极影响，因而也不能不使许多关怀文学的有志之士为之扼腕叹息，焦虑不安。固然，出第一本书时间的迟早，对一位青年作家的成长不会也不应该成为关键的或决定性的一步，大器晚成的现象也屡见不鲜，但是我们为什么不在力所能及的范围内尽力及早地跨过这一步呢？

于是，遂有这套"21世纪文学之星丛书"的设想和举措。

中华文学基金会有志于发展文学事业、为青年作者服务，已有多时。如今幸有热心人士赞助，得以圆了这个梦。瞻望21世纪，漫漫长途，上下求索，路还得一步一步地走。"21世纪文学之星丛书"，也许可以看作是文学上的"希望工程"。但它与教育方面的"希望工程"有所不同，它不是扶贫济困，也并非照顾"老少边穷"地区，而是着眼于为取得优异成绩的青年文学作者搭桥铺路，有助于他们顺利前行，在未来的岁月中写出更多的好作品，我们想起本世纪20年代和30年代期间，鲁迅先生先后编印《未名丛刊》和"奴隶丛书"，扶携一些青年小说家和翻译家登上文坛；巴金先生主持的《文学丛刊》，更是不间断地连续出了一百余本，其中相当一部分是当时青年作家的处女作，而他们在其后数十年中都成为文学大军中的中坚人物；茅盾、叶圣陶等先生，都曾为青年作者的出现和成长花费心血，不遗余力。前辈们关怀培育文坛新人为促进现代文学的繁荣所作出的业绩，是永远不能抹煞的。当年得到过他们雨露恩泽的后辈作家，直到鬓发苍苍，还深深铭记着难忘的隆情厚谊。六十年后，我们今天依然以他们为光辉的楷模，努力遵循他们的脚印往前走去。

开始为丛书定名的时候，我们再三斟酌过。我们明确地认识到这项文学事业的"希望工程"是属于未来世纪的。它也许还显稚嫩，却是前程无限。但是不是称之为"文学之星"，且是"21世纪文学之星"？不免有些踌躇。近些年来，明星太多太滥，影星、歌星、舞星、球星、棋星……无一不可称星。星光闪烁，五彩缤纷，变幻莫测，目不暇接。星空中自然不乏真星，任凭风翻云卷，光芒依旧；但也有为时不久，便黯然失色，一闪即逝，或许原本就不是星，硬是被捧起来、炒出来的。在人们心目中，明星渐渐跌价，以至成为嘲讽调侃的对象。我们这项严肃认真的事业是否还要挤进繁杂的星空去占一席之地？或者，这一批青年作家，他们真能成为名副其实的星吗？

当我们陆续读完一大批由各地作协及其他方面推荐的新人作品，反复阅读、酝酿、评议、争论，最后从中慎重遴选出丛书入选作品之后，忐忑的心终于为欣喜慰藉之情所取代，油然浮起轻快愉悦之感。"他们真能成为名副其实的星吗？"能的！我们可以肯定地、并不夸张地回答：这些作者，尽管有的目前还处在走向成熟的阶段，但他们完全可以接受文学之星的称号而无愧色。他们有的来自市井，有的来自乡村，有的来自边陲山野，有的来自城市底层。他们的笔下，荡漾着多姿多彩、云谲波诡的现实浪潮，涌动着新时期芸芸众生的喜怒哀伤，也流淌着作者自己的心灵悸动、幻梦、烦恼和憧憬。他们都不曾出过书，但是他们的生活底蕴、文学才华和写作功力，可以媲美当年"奴隶丛书"的年轻小说家和《文学丛刊》的不少青年作者，更未必在当今某些已经出书成名甚至出了不止一本两本的作者以下。

　　是的，他们是文学之星。这一批青年作家，同当代不少杰出的青年作家一样，都可能成为 21 世纪文学的启明星，升起在世纪之初。启明星，也就是金星，黎明之前在东方天空出现时，人们称它为启明星，黄昏时候在西方天空出现时，人们称它为长庚星。两者都是好名字。世人对遥远的天体赋予美好的传说，寄托绮思遐想，但对现实中的星，却是完全可以预期洞见的。本丛书将一年一套地出下去，十年二十年三十年五十年之后，一批又一批、一代又一代作家如长江潮涌，奔流不息。其中出现赶上并且超过前人的文学巨星，不也是必然的吗？

　　岁月悠悠，银河灿灿。仰望星空，心绪难平！

　　　　　　　　　　　　　　　　　　　　1994 年初秋

序

诗人是在现代与传统之间漂泊的游子
——刘浪诗集《万物扎根于我》序

叶延滨

本届"21世纪文学之星丛书"评委们选中的是一位"北漂"诗人。"21世纪文学之星丛书"关注那些在现实生活中打拼的青年才俊，特别是来自生活底层的写作者。两年前入选的榆木，就是煤矿矿井中的工人。这次的刘浪也以其创作实绩征服了评委会。刘浪是90后，生于湖北省广水市十里河镇的一个工人家庭。父亲是船匠，母亲是家庭主妇。童年和少年在小镇度过，2010年考入河北大学工商学院新闻系。大学期间关心时政，写了大量随笔杂文。大四赴北京一家互联网公司实习，做电子书编辑，每天通勤三个小时，从此开始了"北漂"生活。2017年4月，他在《草堂》上发表了处女组诗《樵夫》。随后他前几年写的诗歌也陆续得到发表。刘浪说："北漂使我的生命获得了一种速度，因为随时可能离开，就像从别人那里借了一本书，必须在归还之前读完一样。虽然生活中有太多不尽如人意的地方，但在写作上，这是我最用功的一段时期。我迄今最好的作品都是在北京写下的，换句话说，我最好的青春也是。"最好的青春，最好的作品，都是北漂结下的果实。我想，读者在读到这本诗集的时候，会认同一个当代青年的这段话是属于诗人的，诗人在变化中的中国，是穿行于现代与传统之间的游子。"北漂"是一个当代新词，是指那些从乡下与外地小城涌进北京的年轻人，他们也是穿行于传统与现代的奋进者，他们的所思所想，正是这个时代的脉动。刘浪正是用他的笔，写下了他眼中的北京。首先进入他眼帘的是底层的市井平民，他写下一位在北京天桥上《拉二胡的老人》："天桥上，拉二胡的老人端坐不动 / 坚硬的身体焊接在这座城市的表面 / 当云和飞鸟，人和车辆，匆匆掠过 / 拉二胡的老人在天桥上端坐不动 // 天空灰白，老人的脸色黑如锅底 / 摆在他面前的油漆桶是一只 / 深不见底的喉咙，喑哑多年 / 仅在硬币投下的时刻发出闷响 // 街市繁华，老人的行装破烂疮痍 / 他怀抱二胡，像搂着自己的骨肉 / 这在惊涛骇浪中抓住的浮木 / 是支撑他踉跄人间的最后拐杖 // 穿越亿万公里的光芒突然在这里 / 熄火：拉二胡的老人双目失明 / 他因此看见的事物我们看不见 / 他是这座城市挥之不去的黑夜 // 春回大地而秋天悄悄来到弦上 / 他在高处，拉着纷纷凋落的音符 / 每一瓣都随水流逝，仿佛手掌 / 刚触到天籁便掉入无边的空旷中"。这是一位从外省小城进入北京的青年眼中的风景，底层的人生与他们上下班的行程交集之中的一瞬。正是这样的诗篇，让古老与年轻，黑夜与黎明，在一首诗中揭开人生的两面。底层的奋斗不总是赞歌，诗人确实与官方记者有不同的眼光，才让诗歌有了悲悯与大爱的光彩。同样地，北漂诗人刘浪在笔下写出的我们曾经熟视无睹的市景，也因为穿行者和漂泊者的身份，看到了另外的诗意，《末班车》写出了现代都市的在他心中不一般的诗意："星空下最后一道光柱无处躲藏 / 远近的山峦仅凭起伏 / 就能获得一片快速的波浪 / 疾驰的，比盲人还要空廓的田野 / 正无声吸附丰收的激烈 / 而树影还在窗外播放如烟的过往 / 明月，被一夜秋风吹弯了脊背 / 道路，不再通向马的骸骨 / 是无家可归的心 / 独自穿过万家灯火的荒凉——"坐在水泥森林一辆铁皮公交车上，却如在清风明月间穿越荒凉和寂寞。也许都市对于所有的新来者，公交车和路边行人是最早的风景，然而诗人却能从这最枯燥拥挤中感悟一个世界和创造一个世界，《在公交车上读一场大雪》中写道："打开冬天这本书，翻到 / 雪这一章，我读到千万只蝴蝶 / 正以触地即死的柔软打动城市的铁石心肠……乘坐这辆公共汽车扎向生活的深处 / 一曲没有嗓子的合唱还将继续 / 用纷飞的手指在我们头上挥霍狂想 / 我也将这样读着，读下去，并且接受 / 这样的事实：从我眼底逝去的每一辆车 / 都会运走几张雪片，就像它们曾运走过落叶 / 运走过每一个从我身体里呼啸而过的春天"。这是诗人创造的世界，在公交车上的北漂诗人，用这首诗告诉我们，他已像雪花落在这个城市并融入其中，这座城市也融入了他的生活，成为他生命四季中的一章。

诗人刘浪认为："小说家的工作是塑造不同的形象，诗人的工作是塑造他自己。因此小说大于小说家，如《红楼梦》之于曹雪芹；诗人大于诗，如杜甫之于《杜诗全集》。"他说得有一定道理，因为从一定意义上讲，诗人是他所有作品的第一主人公，在读者看来，诗歌中的"我"，就是诗人自己，不可代言，更不可虚构。小说可以代言可以虚构，因此，小说可以写暴力，写凶杀，写阴谋和犯罪心理。而诗不行，诗人必须真诚地写出真实的内心，从而打动或感染读者。从这个意义上讲，写诗的过程，也是一种修炼和修行，从而完成自我和提升自我。刘浪的《樵夫》是他发表作品的处女作，也是诗人对自我反思和追问之作："手起，斧落，这纵向的力 / 贯通了樵夫的一生 / 木屑纷飞，他从树上 / 凿出一场场秋雨 / 以及幸福开裂的声音 / 他用的是拆分法，他知道 / 如何让生活尊重那致命的一劈 // 一天，他偶然从一根木头里 / 劈出了一把琴 / 他端详着，却不知道 / 如何给这美妙的瞬间上弦／最后，他不得不把它卖掉／因为无人识货，所以买主／是火……""'我死后，会沿着树根／重新走回到地面……'她的遗言／使他决心以砍柴为业／这么多的树，他要一一剖开／把藏在某一棵里的爱人救出／／时间一斧子一斧子地过去／他犯下的错误堆满了整间柴房／他靠这些错误生火，煮食，取暖／得度漫长一生。他说，既然错了／就要再犯！"这里诗人就是樵夫，这首诗在追问生命的意义和人生的追求。生动的形象和理性的追问，恰到好处的细节截取，显示了诗人的才华，也写出了诗人内心的执着和向往。在这个现代与传统冲撞融合的时代，穿行于其中的诗人在作品中展示了他的困惑、思索和追求，更有一种向上的气势，在《徽州行》组诗中的《黄山》有一种重返自然后的自信从容："石阶咬着我的脚，一路咀嚼到／莲花峰顶，我小腿里的火车跑断了气／仿佛神也累了，云履脱得满山都是／／群峰在我的注目中缓缓后退……／峭壁将我跌落的视线绷紧成／一把只有岩鹰才能弹奏的竖琴……"我相信，在诗歌创作的不断攀登过程中，诗人会实现梦想。作为诗集名的《万物扎根于我》这首诗写出了，诗歌传统在一个现代青年身上长出来："雨后，一只鸟飞过来／在我的脚印里喝水／我的呼吸被一群灌木争抢着／当我转身，衣袂带起的风／将帮助十万朵蒲公英／找到来生的家——／一定还有谁，在我的一举一动里／汲取养料，并不为人知地打开／我生命深处的矿藏"。在这里，物我一体，天地人同在，这是诗人梦想的境界，也是传统与现代融合的愿景。诗人刘浪让我们看到了一个诗人未来的可能，我也借此短文祝福诗人的第一部诗集问世。

　　是为序。

2022 年 6 月夏至于北京

睡与醒

你必睡在无人的深海
你必醒于孤独的刺上

2014.11

爱 情

一张嘴唇在另一张嘴唇上渴死
旁边放着一杯清水

2014. 11

一顿晚饭

记不清这是第几顿晚饭

木桌永远那么大

菜永远那么几样

我们重复吃的动作

忘记它的单调

像忘记春去秋来，日升月落

当风吹过我们之间

无言成为唯一的语言

我抬头看你

时光停在这处永恒场景

你的某一双筷子

夹向虚空

我听到寂静断裂的声音

这时窗外一道闪电

七月的城市

迎来夏天第一场雷雨

2014.11

你从未像今夜这样需要聆听

故事会在今夜得到认领
我暗哑的嗓音，会在今夜
成为你入睡的依据
嘴唇和耳朵分布黑暗两端
仿佛很远，又异常紧密
你从未像今夜这样需要聆听

很多年没有我，你也照常入睡
头枕自己的呼吸
把身体蜷成孤独的姿势
你的手放在床边
那些被你丢弃的梦境
和时光一起下落不明

很多年我挣扎于现实的茧蛹
直到遇见你才懂得飞行
你茂密的后半生
是我必须穿过的森林
我要抵达你暮年的河边
敛翅睡成一座小小坟茔

　　　　　　　　　　　万物扎根于我 ｜

听筒中传来你模糊的呓语
独守这呓语像独守
一盏灯的明灭，一首曲的余音
一片泊在头顶随时可能飘逝的烟云
今夜我将最大限度地告别人群
并不再行使沉默的权利

2014.11

眼 泪

我回到你哭过的地方
捡拾眼泪

透明的，饱含盐分的
水

可忏悔的水
可洗清我骨头的水

无法稀释的水
一万只手也拧不干的水

空空瓦罐
绽出裂纹

我听见一滴水的痛哭
足以让整个大海失声

2014.12

我回来了

用一年等待一天
我回来了——
一片飘远的树叶重返枝头
在迷雾退去的山谷
有些事物死过之后还可以再死
我回来，不过是又见证一次
草木的轮回，见证旧人与新鬼
都以何种方式将我打回原形
被异乡的明月照耀久了
便找不到隐藏自己的黑暗
我的喉咙被一声鸡鸣刺破
双脚在自己的脚印中迷失方向
我回来了，事实上我还会回来
我和这个世界的恩怨从未超过
我和这块土地的恩怨
岁月是一把巨大镰刀，向我收割过来
几十个秋天的庄稼纷纷倒下
倒成一片虚无，仿佛我不曾爱过
仿佛我只能这样潦草地度完我的一生

2015.2

拉二胡的老人

天桥上，拉二胡的老人端坐不动
坚硬的身体焊接在这座城市的表面
当云和飞鸟，人和车辆，匆匆掠过
拉二胡的老人在天桥上端坐不动

天空灰白，老人的脸色黑如锅底
摆在他面前的油漆桶是一只
深不见底的喉咙，喑哑多年
仅在硬币投下的时刻发出闷响

街市繁华，老人的行装破烂疮痍
他怀抱二胡，像搂着自己的骨肉
这在惊涛骇浪中抓住的浮木
是支撑他踉跄人间的最后拐杖

穿越亿万公里的光芒突然在这里
熄火：拉二胡的老人双目失明
他因此看见的事物我们看不见
他是这座城市挥之不去的黑夜

　　　　　　　　　　　　　　　　　万物扎根于我　|

春回大地而秋天悄悄来到弦上
他在高处，拉着纷纷凋落的音符
每一瓣都随水流逝，仿佛手掌
刚触到天籁便掉入无边的空旷中

2015.4

飞 絮

春天是从冬天身上
纷纷抖落的羽毛

春天是下过一次的雪
爬起来再下

春天是
风在窗外写了一顿狂草
而我还来不及辨认

2015.4

车祸现场

一辆跑车和一辆电动车相撞
地上撒满了零件一样的
围观者，他们沉默不语
像猛然撤回暗室的花束
集体停留在几秒前的晕眩中

两个互相躲了半辈子的人
却没有躲过两车之间的
神秘约定：从相反方向，以
不同的加速度，在同一地点
碰头，生命与生命互换

谁也没有看清凶手的面孔
在这个早晨，人们无不带着
阴暗的念头从太阳底下经过
交警用半小时清理的现场
被他们带回去清理了一生

2015.4

电 梯

合上门，夜晚缓缓下降
失重的睡眠压住眼皮
而肉身轻如水银
在温度计中适应骤冷的天气
一枚硬币从抛起之初
就有回到手里的冲动
他头一次在下楼时有上楼的感觉
所谓坠落，只是向地飞翔
更为坚决地远离高空
黑暗中，他轻轻推翻了牛顿定律
像推翻自己的生活
夜晚继续降
在最低处，一天开始了

2015.5

高速公路

一条横穿千山万水的高速公路
从我低矮的小屋前汹涌而过
我的生活平静，没有任何波澜
没有任何风吹能使我感到激动
像脱线的纸鸢那样高高飞起
或在纷纷坠地的果实中
挽回一颗日渐下沉的心
没有，没有什么不会成为多余
当晨光以落日的速度卷走我的一天
敞露在大地上的伤口被一条拉链
拉紧了，没有疼痛
值得我用失眠的夜晚去做漫长的交换
我愿把入睡前的一小段时光
送给那些奔流不息的车轮
让它们，滚着半个世纪的慌乱
飞快轧过我的身体
我愿用我的身体
为这个世界保留一种原始事物的缓慢
如同一匹烈马，踏遍青山而来
在穿过我的途中骤然衰老

2015.6

漏

坐在被一滴雨水击穿的大楼里
我看到漏，这拽不回来的深陷
从任何试图攥紧的拳头中
倏然溜走——
（多少个雨季也曾这样溜走）
我茫然张开的五指，再也不能抓住什么
再也没有一种记忆能拔除我的牙痛
给抒情的多病之身带来红晕
花拿在手上，芳香漏掉了
酒倒入杯中，醉已流去
四条腿的桌子在我的目送中走远了
饥饿来不及唤回，温饱来不及
咽下，一些生活的秘密
只要漏到纸上，便不再为我所有
因此，用一场大梦拦截一只蝴蝶
用一袭棉衣，裹藏多年风雪
都是徒劳的，无异于
把时间放进沙漏，然后目睹
整个西湖被一只悲伤的眼睛漏干

2015.7

剃 须

父亲说，他是在二十三岁的时候
胡须才像一场火灾，从下巴蔓延到腮边
青春，就在这猛烈的燃烧中结束了

同样年龄的我，如今也走到镜前
重复父亲当年的动作：把剃刀搁上面颊
用它的锋利，去对付更加锋利的岁月

随着生命的早晨紧贴剃刀落下
一颗年轻之心脱离沧桑的掩映蹦跳出来
我看见二十三岁的父亲重又出现在镜中

2015.7

吾丧我

指针拨慢一秒，瞬间慢了二十年
二十年的生死茫茫，被一秒扔向天际
除了换二十年的美酒与一秒对饮
还有什么可以让我忘掉今夕何夕？

越喝越渴，把渴也喝得空杯见底
每滴水的内部都有持续二十年的大旱
这弯腰屈膝的渴啊，即便兑上沧海
也要把千里沃地喝得寸草不生

不如把前世和来生都斟入此身
让古人和今人在我手上两两碰杯
如果一具肉身不够喝，那就从
二十岁的肉身里横刀拔出另一具肉身

就像从空里，凭空掏出无限多
从一秒的往事，掏出二十年的流水
放到我的身边落座
烛台上，一场二十年前的大雪迄今未停

万物扎根于我 ｜

这是手伸进火焰就能感受到的寒冷
这是如呼吸般遥远，却又
透过二十年的望远镜也看不到的近处
举灯者被灯下的黑暗照耀了二十年

在一秒里待上两秒是不够的
度过二十年却绰绰有余
谁将成为他自己身上的逝者？
我，活在一个不断死去的我身上

2015. 9

末班车

星空下最后一道光柱无处躲藏
远近的山峦仅凭起伏
就能获得一片快速的波浪
疾驰的，比盲人还要空廓的田野
正无声吸附丰收的激烈
而树影还在窗外播放如烟的过往
明月，被一夜秋风吹弯了脊背
道路，不再通向马的骸骨
是无家可归的心
独自穿过万家灯火的荒凉——

2015.10

万物扎根于我 |

霸王别姬

——正乙祠之夜

需要经历多少失意，才能和霸王一起
聆听楚歌？像今夜，在正乙祠
可能的出路都被脚葬送了
美人虞姬，樽前曼舞，一剑说出离殇
四面来风将浩荡的月色吹入寸心

需要置换多少张脸谱，才能长出一张
霸王的脸？一口长髯遮不住清啸
半杯薄酒也能醉人
是否你还躲在英雄眼中泪流满面
执笔勾画的戎马生涯墨沈未干

需要多少根脖子抹到剑上，才能复活
一个虞姬？美，在至美的时刻夭折
且看她莲步轻移，用剪开秋水的双瞳
向霸王，也向落叶的千古凝睇
用没有咽完的气，继续扼住我们的爱情

2015.10

万物扎根于我

在公交车上读一场大雪

打开冬天这本书，翻到

雪这一章，我读到千万只蝴蝶

正以触地即死的柔软打动城市的铁石心肠

几分钟的公主被水显形了

飘进回忆里的更多细节

却被写满密密麻麻的空白

永远是，还来不及掸掉身上去年的积雪

就要承受又一次冰冷的覆盖

仿佛生命中的任何落下都有雪的样子

比如从昨天往下跳，比如

乘坐这辆公共汽车扎向生活的深处

一曲没有嗓子的合唱还将继续

用纷飞的手指在我们头上挥霍狂想

我也将这样读着，读下去，并且接受

这样的事实：从我眼底逝去的每一辆车

都会运走几张雪片，就像它们曾运走过落叶

运走过每一个从我身体里呼啸而过的春天

2015.11

拦飞机

如何像拦出租车那样
拦住一架在你我之间轰鸣的飞机？
激动时，我不止一次地爬上屋顶
向天空追问
一只只铁鸟逆着光线，像拧进
云层的螺丝钉，飞到我的瞳孔深处
我蹦跳着，叫喊着，挥舞着
对这庞大的消逝施展一切花拳绣腿
甚至，也动用了衰老……
在越来越小，小到
我们再也听不清彼此的声音中
我发现
过去被我招手即停的事物
从来没有真正地停下
而那些朝四面八方跑出去的我
已被一辆夕阳下的旧自行车
刹在了原地

2015. 11

独自拥有整个星球

听起来更像是一种精神上的说法
超出了拿破仑的理解范围
在这里，权力仅用于统治虚无
没有什么比失去自我更容易得到天下

一觉醒来，醒在一个更大的梦里
背对自己转身，但还是与自己
打了照面。幸好，就绝对尺度而言
一只萤火虫的孤独未必比一颗星球的小

2015.11

雾 中

空山，还是楼群，早已无力澄清
也无须再问：走过一千次的路
会在第一千零一次通向哪里
晨起出门，对准世界一猛子扎下去
我不明不白的一天
从无中生有开始，到深不可测结束
像溺水者誓要一口气
把自己憋成鱼类
当我张嘴，用送出去的喊声
拉回那些在雾中失散的人们
一副面孔突然出现
雾，偷去了他向我走来的过程

2015.12

魔术表演

帷幕升起，舞台上
魔术师用一个小球
把所有人的目光抛到半空——
如你所料，消失的小球
又重新出现在魔术师的裤兜里
掌声响起……随着整场表演
在无数双手的雷动中落下帷幕
我的目光
却始终没有从小球消失的地方
落下来

2015.12

铁路穿过居民区

铁路穿过居民区，生活
被切成了两半：南边一半北边一半
慢的一半快的一半
走的一半停的一半
以及，生的一半死的一半……
当火车还在远方，这里的人
像聋子一样跨过铁路，再跨回来
牲畜也是，不紧不慢，没有谁
会为了尚未到来的事情而慌乱
即使火车临近，将某种
近似于脉搏的颤动传递到他们的手腕时
也没有谁撒腿狂奔，能过去的
就过去，不能过去就待在原地
无非是一次短暂的分别
无非是两个亲密到
不分你我的人，被一列火车分开了彼此
当火车驶过，比流水更接近消逝
等在此岸的人看见走到彼岸的人
越走越远的背影……

2015.12

樵　夫

1

手起，斧落，这纵向的力
贯通了樵夫的一生
木屑纷飞，他从树上
凿出一场场秋雨
以及幸福开裂的声音
他用的是拆分法，他知道
如何让生活尊重那致命的一劈

一天，他偶然从一根木头里
劈出了一把琴
他端详着，却不知道
如何给这美妙的瞬间上弦
最后，他不得不把它卖掉
因为无人识货，所以买主
是火……

　　　　　　　　　　　　　万物扎根于我　|

2

"我死后，会沿着树根
重新走回到地面……"她的遗言
使他决心以砍柴为业
这么多的树，他要一一剖开
把藏在某一棵里的爱人救出

时间一斧子一斧子地过去
他犯下的错误堆满了整间柴房
他靠这些错误生火，煮食，取暖
得度漫长一生。他说，既然错了
就要再犯！

3

樵夫上山，明亮的斧子
游过一大片葱郁
它们互相磨损：手，斧刃，树
共用一种疼……

樵夫下山，背来一捆柴
斧子也卷了刃

疼让它们面目全非，只有他
看着和上山时没什么两样

4

砍柴多年，樵夫注意到
他的心情经常会传染给斧子，从而影响
柴的面貌和生火的质量

与此同时，他还注意到
无论他以何种心情去砍柴，砍完以后
他都恢复了最后一根木头裂开后的平静

有时，连他自己也分不清
他是在劳动，还是在抒情

5

"只有在冬天，我才能找回
真正砍柴的感觉。"樵夫说

"那些树已经放弃了自己
我用斧子进入它们时
几乎不受阻力。"

万物扎根于我 ｜

"可过了冬天就不行，我的斧子
经常会莫名其妙地坏掉。"
樵夫摇摇头，"它似乎
难以与里面的春天抗衡。"

6

一斧子下去，会有很多事情发生
最可能的和最不可能的
都紧紧抓住了这只抓斧子的手
斧子的锋利受制于这只手
于是接下来的一刻
在锋利的斧子下变得不再有把握
往往这时樵夫会刻意停住自己
像憋住已经呼出了一半的空气
他要让下一秒死在上一秒，他要把
一切可能重新抓回到自己的手中

7

在他的眼睛里有一个位置
木头移到此处，就一分为二
他的目光也随之凋谢一次
无数根木头过后，他涣散的眼神

终于从劈开的木头里
看见自己朝两个方向倒下
他看见倒下的两个自己
已各自完整，仿佛从未被劈开

8

斧子落空了：劈柴的力
劈在了空气上，樵夫
差点在劈开的空气里栽倒
他想不到自己用出去的力有这么大
他想不到力都用出去了
居然又回来拉了他一把

9

"我的斧子经常迷路，但不是
在森林里，而是在木头中。"

"多，困不住它
而少可以。"

"只有它知道，一根木头的辽阔
是劈砍不完的。"

万物扎根于我 |

"一万次之后，仍有一万零一次
在等着它，要它的命……"

10

和猎人不同，樵夫捕捉的
是静止，是一种比动
更难以捕捉到的静止

他发现，一棵永远站在那里的树
可供捕捉的部分越来越少

比如枝条的下一次分杈，会伸向
哪一片宁静；根须的下一个路口
会遇到怎样的黑暗

他也无法抓住树干内部
荡开年轮的那一滴水

似乎只有落叶是他可以接住的
但有些美丽不是握在手里
就意味着已经捕捉到了它

万物扎根于我

11

从劈到一半的木头嘴里
夺回斧柄，从用到一半的力气中
拉回衰老的另一半
樵夫坐在地上，影子
像他体内的一小段黑暗
被夕阳抽了出来——
他看见斧子的梦
正深陷在一根木头惊醒的部分里
无法抽离……

12

劈开后的木头，有流水的痕迹
他隐约听到它生前狂饮大地的声音
这把世界喝得春风满面，把自己
喝得骨瘦如柴的东西
他用斧子试了多次，也没找出
那颗已喝下死亡的烂醉之心

13

树有很多种用途，樵夫不过

用了其中最本质的一种：
劈碎，点燃
转眼成灰
像他不明不白的一生，再也
看不出曾经被用来做过什么

14

当积雪从遥远的树枝压到他的眉梢
他会坐在屋里，抱着火炉
——细数这些柴禾的来历

他把自己也数成其中一根，曾怎样
被投放到人世的火中，而后
带着彻骨寒意脱身出来

15

樵夫死了，墙根的柴还在——
这是他留下来的力气
一根一根，健康粗粝
他砍的柴大过了他对温暖的需要

不久，这些被火放过的柴

被水、空气、蛀虫……烧掉了
没有温暖任何人，只是
和樵夫一起，用灰烬了却了残生

2015.12—2016.1

万物扎根于我　|

世界的三个伤口（组诗）

盲

盲是什么，我看不见
我曾以为我看见的
所有黑夜的总和，就是盲
但盲也可以在
最强的光中，正如爱情出现时那样
当我合上眼睑，幸福得
像晚年的荷马，独自面对骤然熄灭的世界
我以为我会看见盲，看见
那无数张脸孔中最微弱的一张
"但盲，不是你对世界闭眼，而是
当你睁眼，世界对你永远闭上了……"
一个盲人的黑色话语
至今仍在我的头脑里闪烁
他因看过太多的光明而终获一双
被黑暗说服的眼睛：他的盲如此耀眼——
以至于我分明看见，有一种
瞎了的生活，在我身上一直睁着
我曾以为十根手指同时探出

就能碰到盲，它的形状，它的质地
它为我挖好的陷阱，布设的
棋局，它让我每一步都踩在
自己的心跳上，用谜
猜完我的一生……它无路，因而
处处是路，因而我从春天的
第一声鸟鸣出发，往任何方向走
都能走到你的面前

聋

他聋了，没有人听出来
没有一只耳朵能听出另一只耳朵
的死活，当他走上街，走在
由那些张开的嘴所组成的寂静里
人世像一部默片放映着
流逝的无声——作为观众
他曾是多好的倾听者啊
仅一阵叹息就能刮走
他内心的叶子，仅一句真话
就足以哄骗他一生……
他总被高歌下的低吟，巨响中的
惊呼，被大笑声里
那一声小小的啜泣所吸引

他牢牢把握着阳光没有照到的部分
像把握一个从未被爱过的女人
并情愿，被她深处的沉默吸了进去
他开始用聋去听，用残缺
去拥抱完整：一堵墙喊住他
一只失手的杯子在地上摔出
花开的声音……他在耳朵里
为世界建了一座声音博物馆
却不售票给任何人，也不让时间
入内。他把一切话语交还给
说的那个人，把琴声还给琴
把尖锐的鸣笛还给撞过来的车
把死亡还给母亲，把爱
还给上帝

哑

最后你说出了哑，这一句
无人应和，你对自己说了多年
你找到你的同类：石头，树，或别的什么
向它们学习如何与寂静对上口形
偶尔，也会有一只鸟飞过来纠正你
你喜欢睡眠胜过醒着
你倾向于和一张椅子而不是

某个坐下来的人，共度一个静止的下午
你的哑早已没有听众
对着冬天，你说了一口雾气
对着阳光，你说了一团黑暗
更多时候，你只是说了一个说的动作
如牡蛎开合，鱼唇吞吐
如一些看不见的话语在说你的嘴
你甚至找不到一只碗来倾诉你的饥饿
也没有另一个嘴唇凑过来
听你的吻——两艘沉默的对撞
曾像一场海难浮起你碎片的一生
你的哑被装进一个无用的瓮里
你的哑形同一口废弃的深井
你的哑是绷在我们身上的
一根多余的弦——
当它断时，世界会不会因此战栗

2016.3

花　瓶

先是丁香，接着依次是：
玫瑰、百合、郁金香……
对这些芬芳的把握使它日渐苍老

直到最后的花被拿走
一束阳光斜斜地插在里面
时而开出白天，时而开出黑夜

直到它也被拿走，被
一个摔碎的声音拿走……
空荡的位置，一束阳光依然斜斜地

插在那里

2016.3

欲　暮

我低头看表
还有几分钟就要日落了
计算一个人到来
和离去的时间
默数黑暗闯入心灵的次数
这些都与等待无关
一滴水折磨着四季
一根指针杀死那么多人
影子张挂于灯前
我的茫然
像一把刚出鞘的剑

2016.4

聚会结束

他们走了，留下我
清理地上的脚步声

狼藉，交错，如沙滩上
一场潮水卷来的贝壳

我拾起一枚，侧耳细听
它来自哪片海域？

现在，潮水退去
我是一座孤岛又上浮了几米

2016.4

纳兰的另一种读法

无意中翻到他的一首诗
引用了某个唐代典故
我伸手去取壁橱上的《新唐书》
我看见我的手穿过
半个书房的寂静，从清朝
到唐代，如纳兰的灵光
一闪——

2016. 4

春 末

最好的花都开过了
我用怀抱为这个春天松绑

绿荫下，呕掉青春的喉咙
仍在高音区寻找生活的紧张

屋里的少年，快乐在流逝
给过他快乐的那只手在流逝

这个春天，握住即丧失
蜜蜂在我头上酿造了它的死亡

2016.5

明 天

一根拴过秋风的绳子
从井水里提出惊蛰
和你的面影。那消逝的
正凝结成你未来的形象
你的话还没有说出
已被另一个人懂得
黑下去的手势有谜语在闪光
老妪叠起从前的衣服
说：等我年轻了再穿
你寻找的昨日
会在明天到来……

2016.5

鱼 刺

一条鱼沿刀刃游向
我的美味，吐出的鱼骨
陈列在餐桌上，逐渐
拼凑成一个完整的死亡
如此鲜活，像是从
千年化石里摆尾而出
我瘦如鱼篓的喉咙
捉到了它的一根刺
仅仅一根，就让我泪流满面
就让我张着嘴，仰面朝天
像一口咬住钓钩的鱼

2016.5

殡葬师

以你们的死亡为生
我从不担心自己会失业
我住的郊外异常僻静，那是
抽走了城里太多的热闹所致

我代表某个禁忌话题
被你们用沉默谈论着
或更确切的，我是一小块黑暗
堆积在你们关于光明的对话中

你们畏惧我就像畏惧死亡本身
你们依赖我就像依赖
当初接生你们的人：活着只是
从一双手漏向另一双手的过程

尽管拉罗什富科有言在先
"死亡和太阳令人不可逼视"
但我的工作就是让这些死
在你们身上看起来栩栩如生

为了让两个世界的人满意?
我接住你们匆匆脱下的肉体
它们如此衰老,陈旧
一件一件,像上帝的弃物

2016.6

她不说话

她不说话
她的脸被光清理出来
像承受过一万次夕照的器皿
她的周围，时间塌陷
她站在
美的另外一种可能性里
空气急速愈合
她全身的寂静喊住我
让我，怔在原地老去

她的瞳仁里有一艘蓝色的沉船
她披肩的河流曾给我
这个夜晚，长如一次呼吸——

2016.7

万物扎根于我 |

两星期

争分夺秒的两星期
空白的两星期

战争爬上我的右肩
荧屏射击我严峻的双眼

我用咬紧的牙关让世界闭嘴
在生命的加速中享受生命的浪费

"把慢戒掉，它妨碍你幸福！"
一个快如子弹的声音在我耳边呼啸

而我坐在两星期的废墟里，等待
等待更多的时日向我倒塌下来……

2016.7

雨

早起的针叶林在对岸梳洗完毕
岩石如光滑的鲸背浮出草坪
雨中燕子，一道黑色鞭影
从我醒来的身体里倏然抽出
一个闪亮的时刻
屋檐下水的低语，扩大着
我身边的幽寂，那无数根
透明丝弦又将我绷紧成
一把发烧的竖琴
抚琴者已随雨远去，我唯有
坐对空山，用雨的缥缈洗手
并惊异于我追踪你的目光
被织进一片往事的迷雾

2016.7

三个人

第一个人追着自己的喊声去了远方

第二个人站在原地，他想把自己
搬起来，却不知从何下手

第三个人背对太阳，做着起跳的甩手动作
他目光坚定，仿佛这一次真的可以成功
——他要跳入自己的影子

2016.8

方法论

如果赶时间，就走最远的那条路
如果被人打了，就静等疼痛消失
可以整夜用一滴血和蚊子交谈
可以在一场梦里把所有的现实问题解决掉
有秘密，就说给隔墙的耳朵听
可以一朝醉死然后终身滴酒不沾

要是被一条河拦住了去路
就在岸边住下，娶妻生子，等它干涸
可以不对桌上的那只西瓜动刀
只用嘴巴看着，直到
一个完整的世界从里面，裂开

2016.8

静 物

主人走了，现在是自由活动时间
三只橙子仍在原来的位置，对身边
示威的水果刀无动于衷
鼠尾草还在花瓶里，熏衣香还在
壁橱中。皮鞋没有走出鞋柜，礼帽并未
飞离衣钩。陷下去的床垫还坐着
一个完整的臀形，吸管上的牙印丝毫没有松口
桌椅有腿站着军姿，沙发有轮
也不开动。打火机没有发火，水龙头没有
哭泣。被分错类的卡片没有从一堆
爬到另一堆，垃圾也不曾跳出来澄清自己
维纳斯保持在缺陷里，蒙娜丽莎
定格在微笑中。钢琴里的贝多芬由聋而哑
《圣经》里的耶稣
反复读着自己被处死的那一页
镜子不肯放过对面的墙，墙
也不打算回避另一个自我
碗依然盛着生活的饥饿，杯子继续抓住
自己的空无。只有墙上那根走动的指针
一刻不息，证明这屋里从来没有真正的静物

2016.8

写诗札记

整夜我在灯下捕捉
一只梨子的侧面
直到它的正面
也被我醒来的饥饿吃掉
我的满足感来自
眼前这棵草，它钻出墙缝
耗尽了一部辞典的力气
我攥紧的拳头甚至握不住
一个羸弱的比喻
所有本体从里面逃出
像一群成年苍鹭，飞出苇丛
飞得比自己的象征还高——
我看到生活如一副纸牌
在我手中脱离了控制
我听到诗在我的笔下尖叫：
你再往前一个字
我就消失！
一个写好的故事急欲
逃回它最初的构思里

2016.8

截肢患者

从下半身的灾难里逃出
上半身，他是他的死者和幸存者

陷入深达腰部的空虚
或永不落地的坠落里

仿佛孤独也只剩下一半
仿佛一半孤独也可以陪葬给爱情

行走时，已不会惊动任何人
躺下时，他想象自己有一双腿

正急切赶往上半身的美梦中

2016.8

音乐喷泉

是水在演奏，还是音乐
在喷涌？每次路过
鲸鱼般的广场，我的脸颊
总被几粒飞溅的音符打湿
那是一朵坚持到高处
才开放自己的花
它邀请我的目光向上，向上
到水的穹顶，去触摸肖邦的手指
也未曾触及的地方
随后它落下，漫过广场
像摊开的乐谱整理着
城市的秩序：它将一种舞蹈
融进所有遗忘的四肢
让每个眼神在欢快中相遇
当我行走于这首圆舞曲
和它停止后的空间里
我冗长的一天
也将成为它的余音

2016.9

倒计时的渴

当世界被一张纸的空白统治着
桌上的手，已进入高纬度的昏迷
墙从四面走过来，给我居所
以及我再也逃不出去的安逸
仿佛远方死了，而眺望还活着
只要把头探向窗外，让风
压住我的双唇，我也可以
吹奏出人世最轻的呜咽
身后，一只倒立的杯子问我：
你口渴吗？你的渴还有几滴……

2016.9

一平方米的孤独

在北京，要花多少钱
才能买来一平方米的孤独
而同样的钱，在城外
可以买到一个客厅的自由
或数尺见方的庭院
或上百亩山林和田野
一年的使用权
或近千只羊的放牧范围
或一片云从天空
投下的阴影
或一阵风刮过的长度
或一声鸟鸣唤醒的空间
或一个坐在麦垛上
抽旱烟的人，从眼缝里
望出去的世界——
他的孤独和大地一样大

2016.9

暴 力

我在屋里坐着
铺天盖地的声音射向
我立方体的沉默

我的身上插满了
风雨声，车马声，隔壁婴儿
尖厉的啼哭声……

我把水壶架到火上
一种歌声注满了全屋
窗外，万物也随之沸响

2016.10

流亡者

破门而入，像一阵暴风雪
他说，他是被一颗子弹追到这里的

我收留他，给他粮食和水
给他漂亮的女人和永不反悔的心

我把他的左手介绍给他的右手
让他跟自己握手言和，让他

借着浓烈的酒服下月亮药片
把这儿当作可以埋葬一生的家

可他冲了出去，带走屋里全部的温暖
他发誓要跑出那颗子弹的射程

在穿上一件由死亡赶制的防弹衣前
我看到他被子弹击中，像被幸福击中

2016.10

爱情厨房

从卧室到厨房，你摄裙走在
珊瑚、海藻和比目鱼之间
踩出的潮汐，月晕般漫上我的砧板
我手握一道光切着起伏，在众多
行星中，我是那转速最快的一颗
整个世界就要从我身上
挣脱出去，飘成一件银河的彩衣
穿上它，你飞过来，在我惊讶的唇边
衔走一个吻——而用余下这瓣
温柔的火焰，我烹出了我们的晚餐

2016.10

盲 人

沿着黑暗世界的脊椎，他把心里那盏灯
走亮了，一丝丝从他衣缝里泄露出来的光
洒在马路两侧，我们被照耀着却一无所知

2016.10

流水赋

布谷，青蛙，流水……
他听见，流水的声音始终位于最低处
犹如隔江人的高喊到达这里时
所发生的轻微的偏移

2016.10

独 居

她把一盆吊兰镶进窗户，并顺手
从狭长叶片的边缘握住几束光线
"这是温暖的。"她说。而她的全身正浸在
一滴深秋那么大的露水中
整个白昼将由这盆美丽的吊兰盛开
天空沿叶脉上升，城市在它低垂的弧度里
它的叶子，一种修长的安静（尽管那上面
曾栖落过她的笑声），有的伸入闹市，有的
连接起楼房和远山，而其中一片
在她的一瞥中，将长长的、绿色的航道
铺设到天边——那里
一只灰雀飞来，在她的两次失神间
轻轻跳跃着。它悠扬的鸣啭几乎
煮沸了屋里的空气，而她裁下
这歌声的一角，做成她越冬的寒衣

2016.11

戏 剧

他低着头，在光的笼子里踱来踱去
双臂像沉思的翅膀优雅地叠在身后
一种古典的克制，他的心情
已完全被他的表情挡住
"你能否看出，有一场战争
正把他变成他体内的敌人？"
为了刚好踩进上一次留下来的脚印
他在一句台词里反复演习自己的悲伤
而他跨出的每一步都在告诉他
"我不可能活着走出这角色！"
我们笑着，并巧妙回避了这一点
就连最小的观众也敏锐地指出
"恰恰是他对角色的反抗
构成了这一角色最迷人的部分"

2016.11

母亲的愤怒

人到中年，她的一部分
开始强烈反对她

像一棵停止生长的树
被某股向下的力拉着
或用旧的乐器
反对悦耳

有时是肝，有时是子宫
有时我怀疑我就是那部分

她的愤怒
是一只再也打不出去的拳头
指甲深深地抠向自己

她无法说服这部分而只能
屈从于它
像肚子被爱踢了一脚
便弯下整个身子，护住这份疼

2016.11

雪从后面抱住我

无论我生命的衣襟
往何处敞开
雪从后面抱住我

雪从后面抱住我
给我量身定制的寒冷
和一千种可能的白色

这刺出我前胸的光芒
比死亡更耀眼
比我的爱
更强地照向我所爱之物

当我在它的怀里
试穿自己的晚年
并感到它逐渐收拢的寂静
将我合入一双手的祈祷中

2016.12

完美的遗址

她走到穿衣镜前，试着
自己的裸体
——这最合身的美丽

"他走了，"她摸着自己的皮肤
"多么完美的遗址。"

2016.12

城市笔记

天空带着蓝色的惯性
向远处俯冲

一棵树静止在
两股不同方向的风里

鸟鸣的唱针
在旋转的狗吠上划着

巨幅海报之下
一个人标点般走过

（他用影子劈开
对面的高楼，又一次成功了）

地铁将批发的人群
零售给各个门洞

街区伸长了喉咙
缓慢地吞咽——

一道弓形痉挛掠过桥身
水上，嵌满阳光的铁片

砖石从十二个方向
咬住一座花园

（四个季节在里面
疯狂地打转）

商铺纷纷敞开
鲜艳的内脏

橱窗里的模特
赤裸地注视穿衣服的世界

围巾、帽子、高跟鞋……
一切都在发生位移

交谈者离去，长椅上
坐着没有讲完的故事

当涂满笔记的广场
沿落日的对角线折起

电线将一一放下
从空中截获的风筝

雕像也以某个侧面
使它的瞻仰者吃惊

昨天的报纸被今天
遗弃，又被垃圾桶塞入

明天的遗忘里。城市
在电焊工的手掌下迸射火星

消防车尖啸着驶出
充满裂纹的寂静

而行人和灌木被拉入
车轮滚动的秩序中

2017.3

万物扎根于我

我们醒来

我们醒来，以便梦安全地撤退
以便太阳把烧红的光线
淬入我们的眼窝

我们相互凝视却看不清彼此
当飞机拖着扇形回音
剃过城市的头顶
玻璃在窗框中微微沸腾
邻居的笑声在墙上开出花朵

时间将在我们转身的气候里
完成一次天才的坠落
我们朝各自的镜中走去
以便另一个自己从里面走出来

2017.3

屋 顶

作为天空的一部分
它的手掌，一直扣压在
我做梦的额头之上

甚至天空，也会驾着
落日的金色雪橇滑下
它杰出的曲线

它的四角飞檐，张起
一种难以察觉的飞行
带我们穿过日日夜夜

无法从卫星的俯瞰中
找到它，那些屋顶的面目
过于相似，一如它们底下的生活

直到有一天，我站在它
巨大而空旷的中心
突然感到这是一艘船的底部

万物扎根于我

我的父母从下面
喊我，急促的声音
像一连串的气泡上升……

2017. 3

面 壁

烛光把我的坐像画到墙上
随着蜡炬成灰
我看见他一点点爬到墙顶
身体因努力而变形
最终脱离我逃了出去

他去了哪里？
现在只剩下我和墙
在黑暗中对峙

2017. 3

飞入集市的蝴蝶

像一簇火焰飘入
黑压压的人群
以一毫克的飞翔
带来春天含磷的消息

它耐心折叠着
自身的色彩
给肮脏的街道衬衣
别上一枚漂亮的领结

慌张，又不失灵巧
它摇摇欲坠地躲过了
孩子的跃跃欲试
和心花怒放的遮阳伞

偶尔也轻盈地落在
案板边缘或某个人的肩头
像是从我们中间挑选
具有岩石性格的事物

稍后，一个奇妙的腾空
仿佛表演声音的力学
它把整条街的喧嚣
提在它安静的灯笼里

而当它斜飞着给那道
藏于柱石、箩筐
与扁担之间的几何难题
画一条天才的辅助线时

一场袖珍风暴
在它的翅下渐渐成形
并意外地向我刮来
一种灰飞烟灭的美

多么出色的向导
我拎着蔬菜
沿着它芳香的轨迹
在没有花朵的世界里穿行

2017.3

观鱼谷洞

石头滴了下来——
我们爬进一个巨大的瞬间
到处布满可疑的坚硬

这些哗哗流淌的石头
开花的石头，用遍身凹坑
凝望或挖掘我们的石头
几乎是女性的

我们落入她的沼泽
在她近似酷刑的旋舞中
找到一种宗教式的慢

集合太行山与燕山之力
她刺出的一剑就要封住
石壁的咽喉，而石壁
还有几万年的时间可以躲开

2017.4

山中偶记

阳光，云，带浮力的下午……
火车如雷霆滚过山中，煮沸了
我手里的咖啡。我，在摇椅上坐拥
四面群山，天空被围成一潭
幽深的湖水。当风的嘴唇抵住
树叶的簧片，骑马人用扬起的皮鞭
向外翻译他的激动，一只飞过的鸟
有了鱼的表情，并很快从我的视线上
脱钩，消逝，比念头更迅捷——

2017.4

伯 父

他死了，月亮仍在窗外走动
河流没有转向，鸟鸣叫如故
搭在椅背上的外套保持着
他的肩胛骨的形状
洁白的碗里，盛着他没喝到的水

他死了，死亡如一块磁铁
吸来五湖四海的人：我们
被同一种悲伤捆在一起
围着他的骨头吃饭，睡觉
在他腾出的空旷里相依为命

他死了，并随死去的身体躺在
石头乘以石头的冰冷之下
双手紧握我们无意识的根须
风过人间，他已能够
穿过树林而不惊落一片叶子

2017.4

徽州行（组诗）

序 曲

五月向后急掠，高铁耀眼地裁开
一匹长达千里的风——沿途景致
如快速拆除的针脚，最终留下徽绣的

粉墙黛瓦。我们也被缝进它
富丽的色彩而脱身不得。两岸松竹
在倒影里减速，阵阵佛号给青山加持

春天的船只，被花瓣的螺旋桨推动着
驶入夏日密林，而我们仿佛坐过站的乘客
在布谷鸟的报站声中，猛然惊醒

古 城

雨后群山开屏，一台蓝色收割机
在云上作业，古城低如走动的水莲
那壁画下的过客差点凝为画中人

万物扎根于我

夕光里的渔梁街，从唐朝那边
游了过来，老人织着鱼篓
捕捉重门深巷一溜而过的暮色

炊烟，塔影，已随新安江的流水
被浣衣女的素手握住，她的目光
穿过桥洞追上了最远的那一声橹歌

宏　村

都说宏村如画，而画家却在纸上
抱怨：该如何表现宏村之美
在水下的那一半？该怎样描绘

一只燕子飞翔的姿态，和它的呢喃？
他的线条明显跟不上风的变化
一道微光就逼他交出所有的色彩

甚至他反复涂抹的那一片烟
也区别于天空的白和白纸的白
他在二者之间徒劳往返，直到被烟完全覆盖

万物扎根于我　|

黄　山

石阶咬着我的脚，一路咀嚼到
莲花峰顶，我小腿里的火车跑断了气
仿佛神也累了，云履脱得满山都是

群峰在我的注目中缓缓后退……
峭壁将我跌落的视线绷紧成
一把只有岩鹰才能弹奏的竖琴

而我独自游进一棵松树
齐腰深的阴影里，并感受几尺开外
涌上来的深渊在我的脚边静止

夜宿汤口镇

我们躺下，在月光的帐篷里
黄山巨大的影子移过——
一种强烈的被翅膀拂中的感觉

拎起我们，去看蜷缩的小镇
如何一盏灯一盏灯地闭上睡眼
去听赶路的阮溪佩在腰间的

叮当声，以及丛林里有关风的话题
我们也曾加入其中，带着醒来时
凌乱的衣衫，和遍布全身的寂静

屯溪老街

老街不老：石板闪耀年轻的褐红
小青瓦，木排门，谁在重檐之上
勒住马群，将历史的惯性牢牢地控制？

糟糕！闯入者皆中了美味的埋伏
祁门茶香漫天射落，酱菜提板斧
冲杀而出，烧饼、鳜鱼、霉豆腐……

不断有人被掳进店内，成为座上客般的
阶下囚。他们斟满自己，一颗颗
枯索的心，比老街喝下的秋风还要多

徽 雕

何等惊人的技艺才能唱出这镂空的
结构之歌：一簇花，带着被刀子
反复强调过的灿烂，盛开在小姐的窗棂上

　　　　　　　　　　　　万物扎根于我　|

很难料到我和这些石头的相遇会以
龙的方式、山水的方式、园林的方式……
与我对视的古人，面部流下锋利的安静

还有多少可怕的美被囚禁在
未经雕琢的材料里？而我必须徒手
穿过世界的漆黑，挖出一首诗——

尾 声

临别时，我的衣袖被凉亭
翘起的弯角钩了一下，当我回首
整座徽州城像青苔爬上我的骨头

最后一次，我将眼里那条
哗哗歌唱的绞绳抛向它的深处
汲水——给忧伤增添必要的湿度

列车缓缓从江南的底片上
冲洗出来：田畴，屋舍，一切朗然
在目，我也渐渐获得我的色彩

2017.5

旋转玻璃门

门被推开——
这透明的空转体
一个水晶天堂在它的内部回响

它的寒冷，它的易碎
在钢筋水泥的立方剧中
一直担当着眼睛的角色

我从城市的各个角度遭遇
它的明亮，它慢慢旋动出来的光
而后圣徒般走进

它清澈的搅拌里
仿佛那是三片桨叶
把我平静的日子扭结成

一束飞速后退的波涛
而高大的楼体就在这
微小的推动下，向上航行

终点在哪儿？我看到
一张张虔诚的脸像骰子
抛入它循环的虚空里

带着不确定的点数
并强行向着更美妙的旋律
滚动——

2017.5

蔬菜之歌

我在厨房里组建了
一个蔬菜乐队，它是我
迄今为止最满意的乐队
当我吹着做饭的口哨
走进烟雾弥漫的舞台
摇滚蒜头已将自己大卸八块
洋葱一层一层地跳着脱衣舞
挺着啤酒肚的南瓜对准
蘑菇麦克风，吼出多籽的内脏
芹菜崩断了弦，而香椿琴手
仍扭着腰甩动火红的头发
马齿苋咬住黑木耳，吹奏丝瓜
和竹笋，尖锐的绿高音
炸开蛾眉豆，将大珠小珠
一把扔向番茄鼓的低音红
莴苣的鼓槌在冬瓜锣上
敲出的声浪，穿过藕的七孔箫
将悠扬的苦瓜之舟送到砧板码头
而我用刀给出的切分音
几乎淹没于胡萝卜的生姜嗓

万物扎根于我

以及它在锅里演绎的
滚烫的花椒唱法
常常我以这样的方式进入
西葫芦的录音棚，在那里
我研究了夏天四种不同的回声
偶尔也会骑上油麦菜
带翼的声线，去豌豆练声房
听它的歌声多么饱满！
我爱看茭白的琴键起落于
春韭的指尖，我爱沿着
山药长笛的滑音去追踪
一只红薯埙的余韵
我爱吃空中那些
背着菜花降落伞
纷纷飘下的豆芽音符
用门齿咀嚼一段多汁的和弦
这美味的复调曾帮助
一个在蔬菜面前
饿得只剩下嘴的人
重新长出五官，或者
让仅剩的饥饿也开始歌唱

2017.6

万物扎根于我

办公诗

又到了那头动物进食的时刻
我们体面地把自己
塞进公交或地铁的餐车喂给它
在它结构精密的胃里
我们进化得很快
手指敲出一整天的键盘雨
有人几乎用一个姿势
盛满这一天，和另一个
不同姿势的人比赛着植物性
灯光在我们身上掘出了
一个兵马俑坑的考古现场
过道里走动着窸窣的文件
会议厅内坐着一张嘴和若干只耳朵
盆景在我们周围发表
把四季混为一谈的绿色
窗户洞开，世界闯进来搜寻
一双眺望它的眼睛
可近视的账单正忙于计算自己
圆珠笔逃亡在一群文案的追杀中
打印机伸着高烧的舌头

发出一沓沓 A4 纸的喘息
寂静像一只皮球在墙壁间传送着
没人打算用一声咳嗽接住它
直到时钟和自己游戏到六点
一阵肠胃的收缩，从屏幕上
撕下来并互相道别的脸
闪着荧光和二进制的表情
被吐到街头，等待下一次的反刍

2017. 6

树

这些被冬天剥光，赤裸如闪电的枝条
多像扎在空气里的树根，无限地延长、延长
以分杈的欲望深深地抓向天穹
汲取阳光、雨露和我们肥沃的呼吸

而树根茂密如树冠，高高地伸入地层
有鸟一样的蚯蚓、线虫和蜘蛛栖落其上
有晚云一样的岩浆飘过它们的头顶
纳凉的死者暗想：倘若再死，就又埋回人间了

2017.7

你是否想过

你是否想过，那飘在你头顶的云
是一些流动的湖泊，而飞机是船，鸟是鱼？

风在空气中的飞行，略同于河流
在海里的泳姿，你是否想过

蒸发是一种向上的雨，而深谷
是倒立的巅峰，陆地是倒置的苍穹？

我们像蝙蝠一样挂在世界的顶部
我们的房子，花园，还有你

瀑布般的长发，全都悬垂而下
你是否想过，我们生来就处于飞翔的极限？

2017.7

杯子实验

在空无一物的桌上
放一只杯子
会怎么样？

一只杯子
被我环形的眼神紧攥着
假如我再用力一点
会发生什么？

阳光穿透它清凉的骨骼
里面的光明和外面的光明
有何区别？

而当夜晚降临
里面的黑暗和外面的黑暗
会不会联手
消灭杯子？

把杯子拿起来
（给桌面留下

万物扎根于我 |

一个杯子形的空旷）
升到眼睛的位置并观看
以此便能获得
杯子的视力？

敲一下杯子
响声在里面繁殖
对它说话
话语开始和自己
争论，直到精疲力竭

把嘴唇贴近杯子的
嘴唇，去喝它的空
或者，让它喝我的渴
这将使我变成
另一只杯子？

抛起杯子，接住
再抛起，再接住
如此循环——
直到接住后不再抛起
或抛起后不再接住

往杯子里装水

万物扎根于我

然后翻转，倒出水
往杯子里装沙
然后翻转，倒出沙
接下来，往杯子里装爱，装恨
然后翻转，会倒出什么？

毫无疑问
杯子只能倒出曾经装入的东西

2017.7

在海边

盛夏，我随人群的礼花喷向
陆地的前甲板。一只蓝色大鸟
蓦然飞起，用波浪的翅膀
在沙滩留下分行的余音

人们在它的高度下游戏
往海水里抛洒笑声的玻璃
而我跳着，几乎抓住了它的羽毛
我的快乐有着海豹腾空的弧度

2017.8

野生动物园

它们共居一室：
狮子打着金色的瞌睡
老虎火一样踱来踱去
狗像皱缩的一毛钱
夹在两张百元大钞中间
左顾右盼，迫切地
等谁把它花出去

狗没有被吃掉
狮子老虎也没有斗起来
围观的人都啧啧称奇
仿佛盯着一张
看不出破绽的合成照片

据说这是一家三兄弟
喝同一条狗的奶长大
据说狮子老虎之所以
能够忍住自己的本性是因为
爱也是一种本性

我想到该隐与亚伯
想到曹植的七步诗
想到纳粹对犹太人开枪时

我该怎么帮他想起
这世上第一个女人的
奶水的味道？

2017.8

万物扎根于我

共享单车

共享单车是时代
耀眼的跑鞋
是一些温顺
而不知疲倦的马
是一小块流亡的国土
我们轮番充当着
它的临时公民

我的手攥着另一个人的手
留在车把上的形状
我的脚踩在很多只脚
力量的尽头
像踩着钢琴踏板
奏起循环的链条之歌

我骑着一群人
汹涌的记忆
用我枯竭的下半身
我用我的尾骨
摩擦它的进化史
并随它的车轮一道

万物扎根于我

滚向更深的社会主义

空气的裙裾散开
在我耳朵里猎猎有声
我目睹成群的车
如一支缤纷的大合唱
涌出城市的喉咙
而那些俯身

向未来致敬的人们
用双腿
美妙的圆周运动
把脱缰的世界重新骑回到
单车之慢
仿佛人生的风景
可以在车轮

耐心的旋转中
碾磨出更细的品质
仿佛死亡
也慢了下来
即使最快的爱情
也能被我的衰老追上

2017.9

背　面

许多年前，一次外出游泳
我差点在美丽的湖中
失去自己的影子——

然后我被一只手拽到了
今天，眉毛依然滴着水
四肢仍像刚剥皮的兔子一样打战

我吃东西时小心翼翼
怕一口穿过几十年的甘甜
咬到莲子深处的苦味

那些围绕我身边的事物
共同构成今晚的月亮：它逗起
我体内的潮汐，却从未对我

展现它神秘的背影
一扇门开了，而我不知道
自己在里边还是外边

我必须同时花掉
一枚硬币的两面
在爱一个人之前先考虑

她的可恨之处
就像剪报之前先翻过来
看看它的背面有什么……

2017. 9

我的名字

唯有我的名字会伴我一生
在我睡去时依旧醒着
在我死后仍然幸存

当它被用来呼唤一个婴儿的时候
多么空旷，多么轻
仿佛宇宙中的第一个声音
后来我不断地
往里塞东西，塞
我童年的劣迹、少年的烦恼、青年的忧郁……
现在它变得臃肿

人们用各地口音的砂纸
摩擦它，用各种笔迹的字
涂抹它，让它尽可能地面目不清
然后，把它像暗器一样
扔向我，从任何时刻、任何方位
而我必须准确接住

每个决定爱我的人都应该
穿过我名字的大雾

而不至于迷失
因为每个决定恨我的人
往往找不到
返回的路

我一次次逃往别处
把名字留在原来的城市
维持那里的生态系统：
有人大口大口呼吸着
我名字里的氧气
有人至今活在它的余震里

无论我多么老，我的名字
都是含在我父母口中的奶嘴
一段从摇篮跳到坟墓的华尔兹
一节萦绕我的旋律，慢慢
收紧，直到
把我勒死——
人们将用我活着的名字呼唤
死去的我
如同用石头
探测一口枯井的深度

2017.10

万物扎根于我

未出生的子孙

我的身体里有一群
未出生的子孙
他们是我向未来时空
缓慢裂变的能量
此刻积聚一身，十分紧张

我必须每天进食
喂养不止我一个人的嘴巴
睡觉，让他们获得休息
我必须想方设法找个女人
哪怕以爱情的名义

像一颗失控的鱼雷
我将在她浩渺的腹部
爆炸——无数子孙的残片
像一场战争揳入
我们漫长婚姻的肌体

2017.10

桃世界

世界是一只桃子
死亡把卵
产在它的核心
让我甜蜜的人生
每一口都小心翼翼

2017.10

奔跑的孩子

这是春天的速度——
当奔跑的孩子经过我，把我变成
一株在欢快水流的冲击下
站立不稳的蒲草时
我会说：这是春天的速度

在我身上引起的最真实的反应
那一面面升到他们脸颊
并飘扬于风中的
笑的旗帜，仿佛对外宣示
他们童年的领土主权，而我非法

越境的视线，几乎完全困在
他们用奔跑绘制的迷宫里
一座由五颜六色的尖叫
所筑起的热烈的花园
使我的沉默像一只勤劳的蜜蜂

将金色的小水泵，试探性地伸入
每一朵童声中的甜蜜暗井

可我是否，是否还有
从人类天真中采集希望的能力？
当我曾经和他们一样

展翅奔跑在大地长长的晕眩中
我纤弱的骨骼也会发出
令万物悚然的有力的拔节声
这是春天的速度——
我说出它时已是夏天的嗓音

2017.11

蚂蚁诗

今天我被写在路边的
一长句蚂蚁吸引
它们玲珑、细瘦
像是从打翻的墨水瓶里
流出的小楷，用
蜿蜒的笔法，给白天加上
一条长长的黑色的注脚
远远望去，它们仿佛是
静止的，但凑近看时
每个词都在运动、撞击
如流星曳迹，碰擦出
我难以辨认的火花
有时，我几乎看见
世界的秘密就在这
微弱的火花中
闪现了一下

2017.12

由于狭小

由于狭小，屋里的每件东西都有多种用途
唯一的桌子，既是饭桌也是书桌
仅有的窗户，既用于采光也用于眺望
那扇门，一旦关上就没有另外的出口
这张床，是他们争吵的地方也是他们和解的地方

2017.12

假 山

把山缩小到园林的尺寸，继续
缩小，直到成为茶几上的微型风景

"它沸腾的姿态，多像我重衫之下
那颗千疮百孔的心……"女人说

每隔几天，她都要仔细清理掉
男人插在上面的长短不一的烟头

2017.12

万物扎根于我

住在楼上的人

进城之后，他还保留着部分
乡下人的错觉，比如
他总认为自己的脚在地面
而不是十层楼的高空——生活
怎能容忍这样的提心吊胆？
他喜欢在屋里走来走去，用脚步声
抑制土里的种子，以免这个家
遭到和他老家同样的
被杂草占据的命运
他不知道我住在他的楼下
他不知道，我，就是那颗种子
每到深夜，我的意念开始疯长
沿着那些家具攀爬、缠绕
挤满他的房间，甚至
穿透他做梦的身体
他不知道他正躺在一片荒芜中

2017.12

万物扎根于我

雨后，一只鸟飞过来
在我的脚印里喝水
我的呼吸被一群灌木争抢着
当我转身，衣袂带起的风
将帮助十万朵蒲公英
找到来生的家——
一定还有谁，在我的一举一动里
汲取养料，并不为人知地打开
我生命深处的矿藏

2018.1

听 雪

雪听不见。我们听见的只是雪
压断树枝的声音，摩擦车轮的声音，以及
雪抱不住雪从高处粉身碎骨的声音

雪的飘落，无声
雪飘落在雪上，聋在叠加
雪是一个向下的，使世界安静的手势

在雪天，我们的谈话总是三言两语
就被雪压断。一些话语的树枝
掉进炉子，拨旺我们心中的火焰

2018.1

素 描

日复一日，他在纸上观察
那些线条的生长，它们延伸、分叉
超过了他的画笔的速度，像蜂拥的树枝
挤向某种看不见的光——这些线条
有着非线性的逻辑，他想。他摸不清
美的下一步走向，但的确有什么
在从这黑色而盲目的缠绕中苏醒
就像这个早晨，他在烟灰缸、画板
和九点钟的环绕中，看见神在自己身上的
又一次降临

2018.1

我怀疑

一列钻出隧道的火车
是不是原来的那一列？
我在问自己
是否每次看完电影
我都能完好无损地
撤退出来？
一曲欢快的华尔兹
会不会有一小节
至今我没听出的悲伤？
我怀疑，我正携带着
去年的积雪穿过春天的草地
像带着死亡穿过生命
我在拥抱爱人的时候
也给了她透骨的寒冷

2018.2

小金属（组诗）

钥　匙

钥匙掌握着打开的秘密
钥匙，一小片金属风景
起伏的群山在唯一的锁孔里找到倒影

啪！锁芯深处的心跳
难道不是我的心跳？
钥匙打开房屋和我肉身的四壁

日复一日地进入和离开
磨损着钥匙……直到它变得
圆滑，无用，被握在我锁一样的手中

钉　子

一颗钉子在墙上闪耀
这一动不动的旅行者
这抛入时间长河里的锚

一颗钉子闪着《新约》的光芒
被我的视力紧紧咬住

衣服旧了，钉子还在
墙倒了，钉子还在
耶稣腐烂了，钉子还在

当我盯着钉子看时
我在大量地消耗我自己

剪 刀

那裁制婚服的
和裁制寿衣的
是同一把剪刀

那断袖分桃的
和割袍断义的
也是同一把剪刀

那张成十字架的
和捅进肚子的
还是同一把剪刀？

世界该如何面对
这道锋利的乘法运算？

剪刀伶牙俐齿
却一句话也不说

当心剪刀
如当心二月春风

针

一根针开始怀念自己
被磨掉的部分，从前
它可以什么都是，现在却不得不是

一根针只能靠自己的尖锐活着
用棉絮的温柔说着
让你疼痛的情话

没有哪片海可以藏住一根针的渺小
也没有耳朵能够听见
它掉在地上的卑微的声音

针的意思是：你无法把它变得更小

万物扎根于我 |

它走到了一块铁的尽头，是刀剑的
极端形式，疼痛的最小单位

据说宇宙不是轰的一声，而是
在哧的一声中结束。听——
世界末日多像针的杰作

2020.7

替 身

大风刮走了我的衬衫
晾衣绳上，只剩一个空怀抱

那衬衫将追上另一个人
让他长出我的形体
替我度过截然不同的一生

2021.8

诗余片语

一个人说话时所用的手势，就是诗。

诗非"子曰"，而是"佛祖拈花，迦叶一笑"。

所有的虚构，构成事实。

大海的蓝色被一滴水否定。

你用你身上的天使吸引我接近你身上的魔鬼。

戒指戒不掉手指。眼神也是一个神。

有多少回，你被你自己身上的猴子给耍了？

问题不是你能不能两次踏进同一条河流，而是两次踏进河流
　的是不是同一个你。

上午适宜读诗歌，下午适宜读散文，晚上适宜读小说。

站在杜甫吟咏过的落日下，我已不可能欣赏到陶渊明之前的

菊花。

只有当镜子脏了或碎了，我们才看见镜子。

一把张到极致的弓被目标瞪裂。

写作是一项高危行为，一个正确的词你几乎感觉不到它的存
　　在，一个错误的词却有害全体而且非常显眼。

如何用过期的止痛药止住这刚生产出来的痛？

日子一个接一个地病了，唯有我的健康无药可救。

死，就是用你的终点取消你的抵达。

未亡人——这是一个好词，不应只做某类人的称呼。

诗人患有一种特殊的耳疾，能从拉锯的动作中听见小提琴。

维纳斯抬起了，我们指向美的手臂。

注意看孩子的奔跑，他们每跑一步就飞离地球一小会儿。

在河边，一个孩童用泥巴捏出了女娲。

假如有人倒下死去，小湖是否依旧映着天空？

天黑人隐，火尽灰来。

没有一只鸟儿学过声乐。

一克谎言压死好几吨耳朵。

现实主义写作更考验想象力。

一颗失眠的头颅被千里之外的枕头梦到。

没有恶的来临，善就是一盘散沙。

宇宙在膨胀，这是我们终须一别的原因。

对于富人来说，最昂贵的物品是贫穷，需要倾家荡产才能
买到。

诗贵神速：不是从一数到九，而是从一直接到九。

在这株玉兰面前，我已没有任何机会。

禁果被咬过一口，就成了水果。

总有一天，鱼会把垂钓者拖到水下，变成另一尾鱼。

我将解脱于你的无解，正如你会沉迷于我的不迷人。

万物扎根于我

这世上有人偏爱两头削尖的铅笔，也有人只吃面包圈中间的
　　孔洞。

诗意是感性的，诗是理性的。

惨叫也在寻找它的作曲者，抽搐也在寻找它的舞蹈家。

水坝从建成之初，就在积蓄冲毁自己的能量。

鱼死为浮，鸟死为落。

一棵树在森林里迷了路。

影子碰到影子，也会发出尖叫。

用画出来的剑和盾牌，能制造一场真实的战争吗？

狮子追赶羚羊时，万物只能观看。

我们在不同杯子里喝着同样的干渴。

最难的工作是无所事事。

假古董迟早会成为真古董。

诗来不得半点虚假，它和性命直接相见。

我给我的沉默取名叫维特根斯坦，我给我的无知取名叫苏格
　　拉底，但我给我的梦取名叫什么，弗洛伊德还是庄子？我
　　至今犹疑未定。

庄子说，是我梦见蝴蝶还是蝴蝶梦见我？
周公说，我解不开自己的梦。

2015—2021

图书在版编目（CIP）数据

万物扎根于我 / 刘浪著. --北京：作家出版社，2023.5
（21 世纪文学之星丛书·2021 年卷）
ISBN 978 - 7 - 5212 - 2217 - 3

Ⅰ.①万…　Ⅱ.①刘…　Ⅲ.①诗集 - 中国 - 当代
Ⅳ.①I227

中国国家版本馆 CIP 数据核字（2023）第 046652 号

万物扎根于我

作　　者：刘　浪
责任编辑：李亚梓
特约编辑：赵　蓉
装帧设计：守义盛创·段领君
出版发行：作家出版社有限公司
社　　址：北京农展馆南里 10 号　　邮　　编：100125
电话传真：86 - 10 - 65067186（发行中心及邮购部）
　　　　　86 - 10 - 65004079（总编室）
E - mail: zuojia@zuojia. net. cn
http: // www. zuojiachubanshe. com
印　　刷：唐山玺诚印务有限公司
成品尺寸：142×210
字　　数：25 千
印　　张：4.5
版　　次：2023 年 5 月第 1 版
印　　次：2023 年 5 月第 1 次印刷
ISBN 978 - 7 - 5212 - 2217 - 3
定　　价：42.00 元